# NOTICE

# SUR LES INDIGENS

## DE LA VILLE DE PARIS;

SUIVIE

## D'UN RAPPORT

SUR LES AMÉLIORATIONS DONT EST SUSCEPTIBLE
LE SERVICE MÉDICAL DES BUREAUX DE BIENFAISANCE,
FAIT AU NOM D'UNE COMMISSION,

**PAR FRANÇOIS LEURET.**
DOCTEUR EN MÉDECINE.

(*Extrait des Annales d'Hygiène publique et de Médecine légale*).

PARIS.
IMPRIMÉ CHEZ PAUL RENOUARD,
RUE GARANCIÈRE, N. 5.
1836.

*Librairie de J. B. Baillère.*

---

**LEURET.** FRAGMENS PSYCHOLOGIQUES SUR LA FOLIE, in-8°, Paris, 1834. Prix. 6 fr. 50 c.

**LEURET.** Condamnation à mort d'un Homme en faveur duquel le Jury a demandé une commutation de peine pour cause d'aliénation mentale (*Affaire Pierre Rivière*). In-8°, Paris, 1835.

**LEURET.** Mémoire sur le Choléra-morbus de l'Inde, in-8°, Paris, 1831. 3 fr.

**LEURET.** Mémoire sur l'altération du sang. In 4°, Paris, 1826.

**LEURET** et **MITIVIÉ**. De la fréquence du Pouls chez les aliénés, considérée dans ses rapports avec les saisons, la température atmosphérique, les phases de la lune, l'âge, etc.; — Réfutation de l'opinion admise sur la fréquence du Pouls chez les vieillards; — Note sur la pesanteur spécifique du cerveau des aliénés. In 8°, Paris, 1832. 2 fr. 50 c.

**LEURET** et **LASSAIGNE**. Recherches physiologiques et chimiques pour servir à l'histoire de la digestion. Ouvrage couronné par l'Institut. in-8, Paris, 1825. 4 fr. 50 c.

**ANNALES D'HYGIÈNE PUBLIQUE ET DE MÉDECINE LÉGALE**, par MM Adelon, Andral, D'Arcet, Barruel, Chevallier, Devergie, Esquirol, Gaultier de Claubry, Keraudren, Leuret, Marc, Orfila, Villermé, paraissant tous les 3 mois par cahiers de 250 pages in-8, figures. Prix par année. 18 fr.

*Sous Presse :*

**LEURET.** Anatomie comparée de l'Encéphale de l'homme et des mammifères comprenant l'histoire de son développement, sa conformation et sa structure, suivie de considérations sur les rapports qui existent entre le cerveau et les facultés instinctives, intellectuelles et morales, servant de réfutation à la doctrine phrénologique. Paris 1836 in-folio, avec 30 planches gravées.

# NOTICE

# SUR LES INDIGENS

## DE LA VILLE DE PARIS;

SUIVIE

## D'UN RAPPORT

SUR LES AMÉLIORATIONS DONT EST SUSCEPTIBLE LE SERVICE MÉDICAL DES BUREAUX DE BIENFAISANCE, FAIT AU NOM D'UNE COMMISSION,

**PAR FRANÇOIS LEURET**,
DOCTEUR EN MÉDECINE.

(*Extrait des Annales d'Hygiène publique et de Médecine légale*).

PARIS.
IMPRIMÉ CHEZ PAUL RENOUARD,
RUE GARANCIÈRE, N. 5.
1836.

# NOTICE

## SUR LES INDIGENS DE LA VILLE DE PARIS;

## SUIVIE D'UN RAPPORT

SUR LES AMÉLIORATIONS DONT EST SUSCEPTIBLE LE SERVICE MÉDICAL DES BUREAUX DE BIENFAISANCE, FAIT AU NOM D'UNE COMMISSION.

---

## I.

### DOCUMENS STATISTIQUES.

On compte à Paris, sur une population de 770,286 individus, 62,539 indigens (1). C'est un peu plus du douzième. Dans ce nombre d'indigens ne sont pas compris, à beaucoup près, tous ceux qui auraient besoin de secours, mais seulement ceux qui en

---

(1) *Voy.* État numérique de la population indigente de Paris et renseignemens statistiques sur cette population, année 1835; publié par l'administration générale des hospices.

reçoivent de l'administration. Ce nombre de 62,539 se compose de

| | | | |
|---|---|---|---|
| Hommes . . . | 14,499 | 25,361 | 62,539 |
| Garçons . . . | 10,862 | | |
| Femmes . . . | 25,748 | 37,178 | |
| Filles . . . . | 11,430 | | |

Ce qui donne, pour le sexe féminin, un tiers d'indigens de plus que pour le sexe masculin; mais le dénombrement de la population de la ville établissant qu'il y a plus de femmes que d'hommes, il convient de comparer le nombre d'indigens de chaque sexe au nombre d'individus du même sexe, composant la population, afin de savoir si les femmes sont réellement plus exposées à la misère que les hommes, et dans quelle proportion.

A Paris, les hommes sont aux femmes comme . . . . . . . . 1 est à 1,057

Et les hommes indigens sont aux femmes indigentes comme. . . . 1 est à 1,505

Donc les femmes tombent dans la misère en plus grande proportion que les hommes.

D'après leur âge, les chefs de ménage indigens et secourus se divisent ainsi qu'il suit :

| | |
|---|---|
| Indigens au-dessous de 60 ans. . | 13,755 |
| De 60 à 64 . . . . . . . . | 3,507 |
| De 65 à 74 . . . . . . . . | 7,841 |
| De 75 à 79 . . . . . . . . | 2,304 |
| De 80 à 89 . . . . . . . . | 1,054 |
| De 90 à 99 . . . . . . . . | 50 |

Il y a, parmi les indigens admis aux secours, pour les hommes,

| | |
|---|---|
| Chiffonniers. . . . . . . . . . . . . . . | 156 |
| Cochers . . . . . . . . . . . . . . . | 194 |
| Commissionnaires . . . . . . . . . . . | 1,028 |
| Cordonniers. . . . . . . . . . . . . . | 763 |
| Anciens domestiques . . . . . . . . . . | 120 |
| Anciens employés et écrivains . . . . . | 213 |
| Marchands revendeurs . . . . . . . . . | 81 |
| Ouvriers en bâtimens. . . . . . . . . . | 1,743 |
| Ouvriers et journaliers de divers états . | 5,880 |
| Porteurs d'eau. . . . . . . . . . . . . | 238 |
| Portiers. . . . . . . . . . . . . . . . | 1,433 |
| Savetiers. . . . . . . . . . . . . . . | 148 |
| Tailleurs. . . . . . . . . . . . . . . | 418 |
| Sans état . . . . . . . . . . . . . . . | 1,338 |

Et pour les femmes,

| | |
|---|---|
| Blanchisseuses. . . . . . . . . . . . . | 703 |
| Chiffonnières . . . . . . . . . . . . . | 141 |
| Anciennes domestiques . . . . . . . . . | 142 |
| Femmes de ménage. . . . . . . . . . . . | 926 |
| Gardes d'enfans . . . . . . . . . . . . | 229 |
| Gardes-malades . . . . . . . . . . . . | 173 |
| Marchandes revendeuses. . . . . . . . . | 1,351 |
| Ouvrières à l'aiguille. . . . . . . . . | 2,175 |
| Ouvrières et journalières de divers états . | 4,086 |
| Porteuses d'eau . . . . . . . . . . . . | 39 |
| Portières . . . . . . . . . . . . . . . | 790 |
| Sans état . . . . . . . . . . . . . . . | 3,720 |

Le rapport de la population indigente (secourue) est à la population générale,

| | Populat. | Indig. sec. | Rapport. |
|---|---|---|---|
| Dans le 1er arrond. | 66,793 | 3,599 | 1 s. 18 |
| — 2e . . . . | 74,773 | 2,646 | 1 s. 28 |
| — 3e . . . . | 49,833 | 2,392 | 1 s. 20 |
| — 4e . . . . | 44,734 | 3,129 | 1 s. 14 |
| — 5e . . . . | 67,756 | 4,699 | 1 s. 14 |
| — 6e . . . . | 80,811 | 6,936 | 1 s. 11 |
| — 7e . . . . | 59,415 | 3,936 | 1 s. 15 |
| — 8e . . . . | 72,800 | 9,938 | 1 s. 7 |
| — 9e . . . . | 42,561 | 4,924 | 1 s. 8 |
| — 10e . . . . | 83,127 | 5,073 | 1 s. 16 |
| — 11e . . . . | 50,227 | 3,896 | 1 s. 12 |
| — 12e . . . . | 77,456 | 11,357 | 1 s. 6 |
| | 770,286 | 62,539 | 1 s. 12 |

Le nombre des indigens et celui des morts à domicile (1) classe les arrondissemens de Paris de la manière suivante :

| D'après le nomb. des indig. | D'après le nomb. des morts. |
|---|---|
| 12 | 12 |
| 8 | 8 |
| 9 | 10 |
| 6 | 9 |
| 11 | 6 |
| 4 | 7 |

(1) Villermé : De la mortalité dans les divers quartiers de la ville de Paris. *Annales d'Hygiène*, t. III, p. 294.

| | |
|---|---|
| 5 | 11 |
| 7 | 4 |
| 10 | 5 |
| 1 | 1 |
| 3 | 3 |
| 2 | 2 |

Il y a, comme on le voit, une très grande conformité entre ces deux listes, et l'on peut dire en toute vérité, que l'indigence appelle la mort.

## II.

### PERSONNEL DES INDIGENS.

Des paresseux, des ivrognes, des banqueroutiers, des voleurs, des prostituées ; des hommes de peu d'intelligence, nés dans la misère, imprévoyans, chargés d'une nombreuse famille; des ouvriers manquant d'ouvrage ou dont les salaires sont trop faibles ; des commerçans, des industriels ruinés par de fausses spéculations, des notaires qui ont eu l'ambition de faire plus que le notariat, des professeurs, des médecins vieux ou infirmes, des avocats ignorés ou oubliés, des militaires sans retraite, des femmes devenues veuves, des orphelins dépouillés par leurs tuteurs ; des malheureux que le sort a toujours trompés; des gens rangés, sobres, qui n'ont jamais assez gagné pour faire des économies, ou qui en ayant fait, les avaient placées dans des mains infidèles ou maladroites. J'ai vu sur la liste des pauvres, d'anciens présidens des bureaux de bienfaisance, des membres influens des assemblées révolutionnaires, des prêtres interdits. J'y ai vu un noble chevalier de Saint-Louis devenu faiseur d'allumettes, marié dans la boue du faubourg Saint-Marceau, et mort à la suite d'une crapuleuse orgie. J'y ai vu encore un descendant des rois de Jérusalem, et la fille d'un roi, assis sur un des premiers trônes de l'Europe.

Quelques-uns, gens de sac et de corde, venant de la prison ou du bagne, porteurs de ces faces hideuses qu'on ne voit au soleil que dans les jours de pillage. D'autres exempts de souillures, ardens au bien ne demandant pas, bénissant celui qui leur vient en aide, honteux, non pas de leur misère, mais de ce que leur misère les empêche de secourir leurs semblables. Le plus grand nombre, suivant en aveugles la voie que la société leur a faite, heureux s'ils satisfont leurs appétits, malheureux par les privations, oublieux d'hier, non socieux de demain, bons par nature, entraînés au mal par l'occasion ou par l'exemple; ils sauraient s'ils y étaient nés, rester dans une position meilleure, mais n'ayant ni assez de volonté, ni assez d'intelligenee pour s'élever, ils restent là, comme étrangers au mouvement social. Pour loi, ils connaissent la volonté du commissaire de police; pour providence, le bureau de charité. Ceux qu'on voit aux cours d'assises, sont leurs fils; leurs filles vont aux lupanares.

Napoléon avait secoué cette masse, il en avait fait surgir des soldats; aujourd'hui, avec de l'argent, on y achète, ce qu'en langage militaire, on appelle des hommes; on les habille, on leur met un fusil sur l'épaule, et on dit que ce sont des soldats.

Un jour j'ai réuni plusieurs indigens pour causer avec eux dans l'intimité, savoir, d'où ils venaient, comment ils vivaient, ce qu'ils valaient, ce qu'on en pouvait espérer. J'en avais cinq, une vendeuse de cendres, deux chiffonniers, un marchand de moutarde, et un allumeur de réverbères; deux de mes amis, assis devant un bureau, dans un coin, et ne paraissant en aucune façon prendre garde à nous, écrivaient tout ce que nous disions. Je me suis attablé avec mes hôtes, je leur ai versé à boire et je les ai fait causer.

La femme a 49 ans, elle est maigre, son visage est blême, son œil hypocrite, sa voix rauque; elle a une paralysie incomplète d'un côté de la face. Son enfance s'est passée à l'hôpital; dès qu'elle a pu travailler, elle a cousu des chapeaux. Elle a fait onze enfans. Faible et usée, y voyant mal, elle ne peut pas continuer son état; pour vivre elle ramasse de la cendre qu'on jette dans les rues, et va la porter à Vaugirard; elle gagne à cela, dit-elle, six à huit sous par jour, souvent moins, et c'est vrai. On vend, sur tous les marchés, des croûtes de pain provenant des grandes maisons, la livre en vaut cinq liards; avec ces croûtes, quelques morceaux de viande qu'elle trouve dans les ordures, des épluchures de choux, de salade, de pommes de terre, qu'elle ramasse quand elle en rencontre : c'est sa nourriture ordinaire. Jamais elle ne boit d'eau-de-vie, m'a-t-elle assurée. Je savais bien qu'elle mentait. Je lui ai versé un peu de liqueur qu'elle a bue, après cela, de l'eau-de-vie, un grand verre qu'elle a encore bu : il en restait dans son verre, un chiffonnier qu'elle appelle son mari glissait la main pour s'en emparer, elle n'a eu garde de le laisser faire. Ses vêtemens sont des haillons qu'on lui donne ou qu'elle ramasse. Le jour où je l'ai vue, il y avait déjà long-temps qu'elle manquait de chemise. Pour lit, une paillasse par terre et des débris de couvertures. Rien autre dans son taudis. D'instruction, de sentimens religieux, de morale, elle n'en a pas, et n'en a jamais eu.

L'homme qui sert de mari à cette femme est un des êtres les plus affreusement ignobles que j'ai vus : sur des jambes avinées, un tronc asthmatique, auquel sont appendus des bras crochus et raides; au-dessus du tronc, une bouche énorme, édentée, de laquelle sort une voix rauque et soufflante, un nez large et plat, des yeux petits, perçans, bordés d'un cercle rouge, avec des paupières qui ne se baissent jamais; puis un enchevêtrement de cheveux noirs et gras. Cela recouvert de crasse et de haillons pris dans le ruisseau, assemblés ou noués avec des ficelles.

Son père était manœuvre : lui, pendant sa jeunesse, il a fait le même métier; puis il a été soldat sous l'empereur, en Egypte et en Allemagne; il s'est battu à Austerlitz. Licencié en 1814, il est entré comme ouvrier dans une raffinerie de sucre. Il y a quatre ans qu'un cheval lui a écrasé la poitrine, ce qui l'a rendu incapable de continuer son état. Il s'est fait chiffonnier.

Après ses services militaires, il a reçu du gouvernement une somme de 80 f. une autre de 60, une troisième de 45; jamais il n'a possédé davantage. Raffineur, ses plus fortes journées ont été de 40 sous, parce qu'il n'était pas habile ouvrier; des rhumatismes l'empêchaient de travailler comme les autres. Ses infirmités, qui se sont accrues, ne lui permettent pas de gagner autant qu'un bon chiffonnier; ses journées sont, à ce qu'il dit, de 12 à 15 sous. Le prix des *marchandises* qu'il ramasse est, pour les chiffons, de deux liards à deux sous la livre, le papier deux liards la livre, le verre blanc, un sou et trois liards la livre, le verre brun, douze sous les cent livres. Il est très rare que l'on trouve des objets précieux; dans l'espace de quatre années, il n'a trouvé qu'une cuiller d'argent, qu'il a rendue. La vente des chiens et des chats lui rapporte aussi quelque argent; les restaurateurs des barrières achètent un chat quatre sous, c'est le prix courant; les chiens morts se vendent pour la peau, les chiens vivans ont une valeur variable.

« Il n'est pas possible que vous viviez avec 15 sous par jour.

— Il le faut bien pourtant.

— Vous vous trompez, les chiffonniers gagnent plus que vous ne dites, j'en sais un qui a quitté son état de mécanicien qui lui valait cinq francs par jour, pour prendre le mannequin.

— Je ne dis pas le contraire, on aime mieux l'état de chiffonnier parce qu'on est plus libre; on n'est pas attaché comme dans les autres états, on va où on veut, on est libre.

— Mais si on gagne aussi peu ?

— Ah! il y en a qui gagnent bien plus, ceux qui sont lestes courent plus que moi, mais ils ne peuvent pas gagner plus de 40 sous.

— Il y en a qui gagnent quatre francs.

— Oui, à voler.

— Il y a donc des voleurs parmi les chiffonniers?

— S'il y a des voleurs? plus des trois quarts, et encore une partie de reste.

— Y a-t-il beaucoup de chiffonniers à Paris?

— Il n'y a que cela à présent, sans compter ceux qui n'en font pas leur état, comme les commissionnaires, les ramoneurs, les décrotteurs et autres.

— Il y en a quelques centaines peut-être?

— Il y en a au moins douze à quinze mille. Dans le temps, il fallait pour être chiffonnier une médaille qui coûtait quarante sous; j'ai eu le numéro 1176 et ma femme le numéro 1177, et nous étions tout des premiers. A présent se fait chiffonnier qui veut; aussi.....

— Et des maîtres-chiffonniers, y en a-t-il beaucoup?

— Il y en a plus de trois cents. Ils gagnent beaucoup; ce que nous leur vendons un sou, ils le vendent quatre. »

Cet homme a eu plusieurs enfans, au moins six; il n'en a élevé aucun. Il ne sait pas lire. J'ai pris des renseignemens sur sa moralité..... Rien de bon.

Nous pouvons trouver un grand enseignement dans les réponses qu'il m'a faites. La société dans laquelle le hasard, ou plutôt le malheur l'a placé, n'a pris aucun soin de lui. A la pauvreté de sa naissance, il aurait fallu un soutien, à l'entraînement de ses passions, une règle, et il ne sait pas lire! jamais on ne lui a dit que la vertu fût bonne. La plupart de ses pareils ne croient pas à la vertu, il y a pour eux des riches et des pauvres, des forts et des faibles, et puis des hypocrites ou des imbécilles. Leur prévoyance ne s'étend guère au-delà d'une journée ; ils ont des enfans que l'hôpital nourrit et qui ressembleront à leurs pères. Ainsi se perpétue de race en race la misère et la crapule, et à leur suite le budget des prisons, du bagne et de l'échafaud.

Voici un des mille moyens que le crime emploie pour trouver des soutiens chez les enfans des pauvres. On recherche ces enfans, on les séduit par des caresses, on les régale de friandises, puis, comme pour faire une espièglerie, on leur conseille un petit vol, ils volent; ils recommencent une seconde fois, puis une troisième : ils sont voleurs. S'ils témoignent du repentir, s'ils veulent retourner chez leurs parens, on les menace de les dénoncer. La crainte les retient, ils restent, et cette velléité du devoir s'évanouit bientôt. L'habitude se prend, et pour peu qu'ils soient mis en prison, leur éducation de voleur est achevée; ils ne se corrigent plus. Ceux qui ont de l'intelligence, de l'instruction n'en ont que plus de moyens de tromper; ce sont ceux qui deviennent les plus criminels.

Cette propagande est pour les voleurs le résultat d'un double besoin, faire le mal, puis se procurer des aides pour certains délits qui ne réussiraient pas à des hommes faits.

Tous les pauvres sont loin de ressembler à la femme et à l'homme dont je viens de parler.

Mon troisième convive était un vieillard de 76 ans, autrefois layetier, et gagnant alors 40 sous par jour; maintenant cassé, goutteux, ne pouvant plus travailler de son état, il chiffonne. Sa femme, qui vit encore, a 77 ans. Ils a eu douze enfans, dont aucun n'a été mis à l'hôpital; malgré ses soins, il n'a pu en conserver que deux. On comprend qu'avec un gain aussi faible et autant d'enfans, il n'ait jamais pu rien amasser. Son mannequin lui rapporte huit à dix sous par jour. Sa femme garde un petit enfant, elle a pour cela un léger salaire, quelques sous. Les secours du bureau de charité l'aident à vivre. Il n'a pas appris à lire : son enfance s'est passée à l'hôpital.

J'ai su une action admirable qu'il a faite, et que je vais raconter. Il a trouvé un homme aussi vieux et plus pauvre que lui, sans asile, sans pain : il l'a recueilli. La femme, le mari et l'hôte se sont couchés sur le même grabat, ont rompu le même pain. Alors, on a parlé du vieux chiffonnier, de sa charité et la Providence s'est souvenue de lui.

Le quatrième est tombé de bien haut; il était coiffeur sous l'ancien régime, et coiffeur élégant. La révolution est venue qui l'a ruiné. Il est parti pour la Bourgogne, son pays natal; il y est devenu tonnelier, puis marchand de vins. Ses affaires allaient bien et déjà il avait amassé un peu d'argent, quand il a été dupé par un de ses confrères. Il s'est mis au service d'un vinaigrier, a refait pour la troisième fois un petit pécule et s'est établi. Les désastres de 1814 l'ont de nouveau ruiné. Depuis cette époque, quand le vin était cher, il faisait du cidre; maintenant que le vin est bon marché, il prépare et vend de la moutarde, ce qui lui rapporte, par semaine, de 3 à 4 fr.

C'est un homme rangé, sobre, économe, intelligent, moral et religieux. On ne sait de lui que du bien, et pourtant il est dans la misère, car il ne peut pas toujours travailler, vu son grand âge (75 ans) et d'ailleurs la moutarde ne se vend pas également bien dans tous les temps. Malgré ses bonnes qualités, sans les secours du bureau de bienfaisance, il mourrait de faim.

Je descends ainsi dans les détails de la vie des pauvres pour que, les connaissant bien, on sache et ce qu'ils valent et ce qu'on leur doit de commisération ou de pitié. Ce sont des frères malheureux, qui de nous est assuré de ne pas leur ressembler un jour?

Le cinquième convive était l'allumeur des réverbères de la rue de l'Oursine. Dès sa naissance, son père l'a mis à l'hospice, ainsi que plusieurs autres frères et sœurs. On ne lui a pas appris à lire. Il sait un état, celui de cordonnier, mais il est si grêle et si mal portant, qu'il ne peut pas le continuer. Ses réverbères lui rapportent, par jour, 33 sous, ce qui fait, par mois, 49 fr. 50 cent., somme sur laquelle il est obligé de prélever 6 fr. pour un homme qui l'aide à allumer. Comme sa place ne l'occupe pas toute la journée, il trouve quelquefois des commissions à faire. Il est brave homme, mais peu intelligent, bizarre dans ses manières, et sans aucun esprit d'ordre. Il est marié et père de plusieurs enfans. Un de ces frères paternels a une place de 1800 fr., aussi ne regarde-t-il pas ses parens.

J'ai interrogé en détail un bien grand nombre de pauvres, et depuis plusieurs années que je les étudie, que je vis pour ainsi dire avec eux, j'ai vu, pour la plupart, une impossibilité absolue de sortir de la misère. Une personne, qui habite depuis plus de trente ans le quartier Saint-Marcel et que son active charité a mise en rapport avec tous les pauvres de ce quartier, n'a jamais vu un seul d'entre eux s'élever au-dessus de sa condition. Enfans, ils paraissent intelligens, cela dure jusqu'à la puberté : à cette époque, ils tombent dans une sorte d'inertie routinière qui dure toute la vie. Les mauvais exemples qu'ils ont sous les yeux et qu'ils ne suivent que trop, leur donnent, de bonne heure, des vices qui les énervent. Dès l'âge de six à huit ans, une petite fille n'a souvent plus rien à apprendre de ce qu'elle devrait ignorer jusqu'à son mariage. Aussitôt que les enfans sont en état de rendre quelques services, on les occupe, au lieu de les envoyer aux écoles; ou bien, quand ils y vont, on les en retire si promptement, qu'ils n'ont pas le temps de s'y instruire, et ce qu'il y a de plus fâcheux, c'est que les parens ont de trop puissantes raisons pour en agir ainsi. Je sais un ancien soldat qui est père de sept enfans, dont l'aîné a quinze ans tout au plus : il est peintre en bâtiment, mais comme on ne travaille de l'état de peintre qu'une partie de l'année, il est le reste du temps sans ouvrage, et d'ailleurs il a des rhumatismes qui le retiennent fréquemment au lit. Sa femme est presque toute la journée occupée après les petits enfans : quant aux aînés, ils pourraient profiter des leçons qu'on donne à l'école; mais qui gagnerait pour nourrir la famille? Les deux plus grands vont ramasser des chiffons; ils rapportent à eux deux 20 à 25 sous par jour, c'est pour nourrir toute la famille. Ils grandiront encore et gagneront davantage; mais alors, à moins d'un dévoûment hélas! trop rare, il se détacheront de la famille et iront vivre à part, manœuvres ou chiffonniers. Et s'il deviennent vicieux et criminels, qui pourra le leur imputer? Leur ignorance est si grande! la probité leur est si difficile! Il n'y a d'accessibles pour eux que les rues et les places publiques, les hôpitaux et les prisons. Qui les empêchera d'accomplir leur destinée?

Si les pauvres étaient tous des hommes tombés d'une position meilleure, si par leur travail et leur bonne conduite il leur était donné de se rétablir sinon dans l'aisance, au moins dans la possibilité de vivre, il serait permis de regarder leur malheur comme inséparable des chances du commerce, des suites de maladies, des évènemens fortuits contre lesquels la prudence ne peut rien, ou de l'imprévoyance, de la dissipation, de la paresse. Mais il n'en est pas ainsi. La plupart naissent misérables, vivent dans les privations, et meurent avant le temps, et cela se perpétue comme les générations de rois, par le seul hasard de la naissance. Il y a là un problème qu'il faut résoudre, car un pareil état de choses ne doit pas être inhérent à la société, il est opposé au perfectionnement de l'homme.

On en trouve parmi eux qui inspirent un si vif intérêt! Une femme que je n'ai pas la permission de nommer et que j'appellerai la bonne mère, pauvre

2

par héritage, car elle a été élevée aux enfans trouvés, s'est mariée à un homme aussi pauvre qu'elle et dont le père est à l'hospice de Bicêtre : elle a sept enfans. Une voisine lui est arrivée, dans la plus affreuse détresse, enceinte et mère de trois enfans. Elle a pris les trois enfans, elle a soigné la mère, et quand le quatrième enfant de celle-ci est venu au monde, la bonne mère a tant fait, par ses démarches, qu'elle lui a procuré une nourrice. Il y a huit ans, on est venu lui offrir une petite fille à élever, moyennant pension, elle a accepté. Au bout de deux ans, on lui a repris cette fille, en lui disant qu'on allait la rendre à ses parens. La bonne mère a bien été obligée de rendre la petite fille, mais tourmentée de ce que sa pauvre enfant pouvait être devenue, comme avertie par un pressentiment que cette enfant avait été conduite à l'hospice, elle a tant fait qu'elle y est entrée dès le lendemain. Là, on lui dit que la veille une petite fille y a été conduite, que cette petite fille n'a fait que pleurer en appelant sa mère. Elle court à l'administration, demande, supplie, qu'on lui rende sa petite fille, qu'elle ne veut aucune pension, qu'elle ne veut rien, qu'elle représentera l'enfant chaque fois qu'on l'exigera, mais qu'on la lui donne, que si on la refuse, elle mourra. On a eu pitié d'elle et de l'enfant, on les a rendues l'une à l'autre.

Et celle qui a mis au monde la petite fille est riche, honorée, grande dame..... les enfans de la bonne mère ont une sœur de plus.

La modicité des salaires s'oppose à ce que beaucoup d'ouvriers puissent jamais mettre de l'argent de côté soit pour leurs vieux jours, ou pour les cas de maladies, soit pour élever leurs enfans. Cette modicité est telle que même en travaillant quatorze heures par jour, certains ouvriers ont à peine de quoi subvenir aux dépenses journalières les plus impérieuses. Les faiseurs d'allumettes qui sont, dans Paris, au nombre de deux cents environ, gagnent de quinze à trente-cinq sous. Quinze sous, s'ils travaillent chez les maîtres comme simples ouvriers, trente-cinq sous, s'ils sont coupeurs du bois qui sert à faire les allumettes; de vingt-cinq à trente sous, s'ils travaillent chez eux et pour leur propre compte. Comme à ce métier on se blesse quelquefois les mains, il en résulte que l'on reste forcément dans le repos et qu'on ne gagne rien. Les manœuvres qui sont en grand nombre, dans les ateliers et dans les fabriques, gagnent, suivant leurs forces, de trente-cinq sous à trois francs, le prix ordinaire est 45 sous. Ce peut être assez pour un homme seul et tant qu'il travaille, mais s'il est père de famille, s'il est malade, comme il n'a pu rien économiser, lors même qu'il l'eût voulu, il est dans le dénuement. Certains ouvriers, tels que les tanneurs, les mégissiers, les brasseurs manquent souvent d'ouvrage : il est presque impossible qu'ils puissent vivre autrement qu'*au jour le jour*.

Les ouvrières blanchisseuses sont presque toutes à l'indigence; elles sont sujettes aux ulcères des jambes qui les forcent d'interrompre leur travail.

La nourriture des indigens est, pour les plus nécessiteux, des croûtes de pain achetées au marché, du pain de munition vendu par les soldats de la garnison, de la couenne de lard, ou de la viande de porc, du cheval (c'est, dit-on, le bœuf à la mode des barrières), du chat, quelquefois de la viande de boucherie, mais le plus ordinairement des légumes secs et du fromage. Les ouvriers qui travaillent, et qui n'ont pas de famille, ou qui en ayant une n'y demeurent pas, mangent chez des gargotiers. Il n'y en a qu'un petit nombre qui boivent du vin à leur repas.

Presque tout ce qu'achètent les indigens leur coûte plus cher relativement qu'aux gens aisés, et ils ne trouvent de dédommagement, si je puis parler ainsi, qu'en prenant des objets de mauvaise qualité. Leurs alimens, ils les achètent en détail; or, il faut que le marchand qui détaille y trouve son bénéfice. S'ils veulent des habits, comme ils ont rarement assez d'argent pour les payer comptant, ils achètent à crédit et paient les intérêts de ce crédit; il en est de même pour les meubles et autres objets à leur usage. Ils trouvent, en outre, des prêteurs sur gages qui achèvent de les ruiner.

On reconnaît assez facilement, en entrant dans la demeure d'un indigent, s'il est économe et rangé ou s'il fréquente les cabarets. Dans le premier cas, peu de meubles sans doute, mais un air d'ordre et de propreté; dans le second, les murs et un grabat; le plus souvent pas de feu l'hiver, des portes qui joignent mal, des fenêtres dont les carreaux cassés sont remplacés par du papier. Les enfans, filles ou garçons, couchés pêle-mêle; j'en ai vu huit sur un lit.

Comme beaucoup délogent sans payer, les propriétaires ont fait mettre, derrière la porte d'entrée de leurs maisons, une sorte de bras en fer que l'on dresse le soir, pour empêcher la porte de s'ouvrir complètement : c'est afin de s'opposer à la sortie des meubles pendant la nuit. Certains locataires savent rendre cette précaution inutile; ils emportent leurs meubles pièce à pièce; et leurs matelas, s'ils en ont, ils les vident, mettent la laine dans des cruches, et sortent comme s'ils allaient chercher de l'eau. Heureux les propriétaires qui logent de pareils hôtes, quand ils en sont quittes à ce prix. On cite un propriétaire qui, pour se débarrasser de locataires qui ne le payaient pas, a fait enlever l'escalier de sa maison.

Les indigens qui n'ont pas de meubles pour répondre de leur loyer, paient toutes les semaines; la vendeuse de cendres et le chiffonnier dont j'ai parlé au commencement, paient vingt sous par semaine; c'est, comme on le pense bien, un des plus bas prix. Il y a quelques maisons, même assez grandes, qui sont entièrement habitées par des locataires de cette sorte; les autres paient chaque mois ou même chaque trois mois.

Les prix de loyers des ménages indigens inscrits sur les registres des bureaux de secours sont

| | |
|---|---|
| de 50 f. et au-dessous, par an, pour | 4,163 ménages, |
| de 51 à 100. . . . . . . . | 13,024 |
| de 101 à 200. . . . . . . . | 4,982 |
| de 201 à 300. . . . . . . | 375 |
| de 301 à 400. . . . . . . | 34 |

| | |
|---|---|
| au-dessus de 400. . . . . . | 11 |
| sont logés à titre gratuit . . . | 4,115 |
| — comme portiers . . . . . | 2,265 |

Le choix du quartier habité par les indigens est, comme on le pense bien, déterminé, en très grande partie, par le bas prix des loyers. Il y a encore une autre raison pour que les pauvres se réunissent ; ils s'aident plus efficacement les uns les autres qu'ils ne seraient aidés par les riches. Les pauvres font vivre les pauvres, c'est un proverbe de la rue Mouffetard.

La porte d'entrée des maisons où logent des indigens ne se ferme pas la nuit, à quoi bon?

J'ai dit que les pauvres avaient, en général, beaucoup d'enfans; ce n'est pas qu'ils soient tous mariés, un grand nombre vivent maritalement. Pour quelques-uns l'union dure quelques jours, quelques mois, pour d'autres trente années et plus. Les administrateurs, les sœurs de charité les font marier quand ils peuvent, afin de rendre les unions indissolubles, prévenir le libertinage et légitimer les enfans. Une société s'est formée, celle de Saint-François Régis, qui fait toutes les démarches et toutes les dépenses nécessaires pour arriver à cette fin; elle réussit de temps en temps; mais comme on donne un secours en argent à ceux qui se marient, il est arrivé que des individus déjà mariés ailleurs se disaient libres, pour en se mariant obtenir ce secours. On a eu plusieurs exemples de ce crime.

Il y a un certain nombre d'enfans pauvres qui ne sont pas baptisés, qui n'appartiennent à aucune religion : de la part des parens, c'est plutôt insouciance qu'éloignement; car s'ils sont invités à réparer cet oubli, ils y consentent presque toujours. Dans les églises il y a à-peu-près le même nombre relatif de gens aisés et de gens pauvres, c'est-à-dire assez peu. Saint-Médard, qui se trouve au milieu du quartier Saint-Marceau, et qui a environ 52,000 paroissiens, compte seulement de 12 à 1500 personnes *qui font leurs pâques*. Je n'ai pu me procurer ces renseignemens, sur ce qui se fait à ce sujet, dans les autres églises de Paris.

Une des causes les plus puissantes de la dépravation des pauvres, à Paris, c'est l'ivrognerie. Souvent un père de famille va dépenser la plus grande partie de sa semaine dans un cabaret des barrières. Ceux qui n'ont pas tout dépensé le dimanche achèvent le lundi et même le mardi, restant ainsi près de trois jours sans travailler. Cette habitude funeste et coupable ne peut certainement pas être excusée; cependant, comme elle provient en partie d'une cause physiologique, il n'est pas entièrement au pouvoir des habitués de la barrière de s'en corriger. La mauvaise nourriture dont ils font usage, et qui pour la plupart ne saurait être meilleure, en raison de la modicité des salaires et du manque plus ou moins prolongé de travail, jette l'économie dans une sorte de faiblesse et de malaise que les spiritueux font disparaître. Les personnes qui se nourrissent bien ne sentent pas cette faiblesse, et pourtant il s'en faut qu'elles soient toujours très sobres; les indigens, qui n'ont pas l'espèce de retenue qu'impose la société, se livrent librement à la satisfaction du besoin qu'ils éprouvent. Il y a encore une autre raison, c'est l'oisiveté dans laquelle ils se trouvent le dimanche. Je proposerai un moyen qui, je crois, serait de nature à obvier aux conséquences de cette oisiveté, au moins pour un certain nombre d'entre eux, en même temps qu'il contribuerait à l'instruction des enfans et resserrerait les liens de famille.

Depuis quelques années, on a beaucoup multiplié les écoles, il y en a maintenant dans tous les quartiers de la ville : vastes et très convenables dans plusieurs quartiers, bientôt elles le seront dans tous. On a eu l'heureuse idée d'instituer un cours de musique vocale, et les écoliers les plus studieux y sont admis. C'est pour eux une récompense, c'est pour les autres un motif d'émulation. Il faudrait joindre à cela des exercices gymnastiques, et une bibliothèque composée de livres choisis et à la portée des lecteurs auxquels ils seraient destinés. Tous les dimanches ces écoles seraient ouvertes, non-seulement aux enfans, mais à leurs parens : pendant le jour, la lecture pour tous ceux qui le voudraient ; pour les enfans seulement, les jeux de leur âge et les exercices gymnastiques. Le soir, de la musique, des chants qu'exécuteraient les écoliers dirigés par leurs maîtres et ayant leurs parens pour auditeurs. La séance terminée, il serait tard, chacun rentrerait chez soi et l'on consommerait, dans des soupers de famille, l'argent qu'un seul peut-être eût été perdre dans les cabarets. J'en ferais autant le lundi, s'il le fallait, pour faire perdre aux ouvriers l'habitude de s'enivrer ce jour-là.

Les livres écrits contre l'ivrognerie ont mille fois raison, et les sermons aussi, mais malheureusement ils parlent à des sourds. C'est au plaisir que les ignorans sont accessibles; il faut les prendre par là, et une fois qu'on se sera bien emparé d'eux, on leur montrera ce qui est juste et bon; ils le comprendront et l'accepteront avec joie. C'est alors qu'on pourra leur dire : N'ayez des enfans qu'autant que vous en pouvez nourrir ; resserrez vos liens de famille ; soyez laborieux et sobres et vous serez heureux.

Passons à ce qui concerne les secours accordés aux indigens.

## III.

### SECOURS DONNÉS AUX INDIGENS.

Le budget des indigens de Paris, s'élève annuellement à la somme de dix ou onze millions. En 1834, les recettes ont été de 11,320,490 fr. 11 c., et les dépenses, de 10,509,633 fr. 34 c. Les recettes se composent de revenus ordinaires, de crédits supplémentaires de revenus particuliers à diverses fondations et de recettes extraordinaires.

Les revenus ordinaires consistent en loyers de maisons appartenant à l'administration des hôpitaux et hospices, en fermages, produits du Mont-de-Piété, dons, legs et aumônes, impôts sur les spectacles et les guinguettes, etc.

Les crédits supplémentaires sont les fonds alloués sur les produits de l'octroi et les fonds alloués par le département.

Les revenus particuliers viennent des fondations Montyon, Boulard et Brezin. Les recettes extraordinaires sont fournies par des ventes de biens, des coupes de bois, des subventions votées par le conseil municipal, etc.

C'est l'administration des hôpitaux et hospices qui dirige l'emploi de ces fonds.

Pendant l'année 1834, il a été dépensé, pour les secours à domicile, 1,863,713 fr. 34 cent.; la dépense moyenne, par individu, est d'un peu plus de 21 fr. par an. Pour les secours en nature, tels que pain, viande et autres comestibles, bois, habillement et médicamens, 10 francs environ. Pour les secours en argent donnés aux vieillards, aux aveugles, aux enfans vaccinés, aux mères nourrices, etc., un peu plus de 5 fr., le reste consacré à l'entretien ou à l'établissement des maisons de secours, des écoles de charité, aux loyers de maisons, aux frais de bureau et aux appointemens des agens comptables.

Le service des secours est réglé par une ordonnance royale que je transcris :

*Ordonnance du roi portant création de douze Bureaux de bienfaisance pour la distribution des secours à domicile, dans Paris.*

LOUIS PHILIPPE, etc.

ARTICLE PREMIER. Le service des secours à domicile dans chacun des douze arrondissemens de la ville de Paris, sera spécialement confié à un Bureau de bienfaisance.

Art. 2. Les Bureaux de bienfaisance seront placés sous la direction du préfet de la Seine et la surveillance du conseil général d'administration des hospices.

Art. 3. Chaque Bureau sera composé :

1° Du maire de l'arrondissement, président né;

2° Des adjoints, membres nés;

3° De douze administrateurs;

4° D'un nombre illimité de commissaires de bienfaisance et de dames de charité, qui n'assisteront aux séances qu'avec voix consultative, et lorsqu'ils seront invités par le Bureau;

5° D'un secrétaire-trésorier.

Art. 4. Chacun des administrateurs sera choisi par notre ministre du commerce et des travaux publics, et sur l'avis du préfet, parmi quatre candidats, dont deux seront présentés par le conseil général des hospices et deux par le Bureau dont il doit faire partie. Dans la première formation, le préfet présentera les deux candidats dont la nomination est attribuée aux Bureaux de bienfaisance.

Art. 5. Les Bureaux se renouvelleront par quart chaque année; les trois premières années, les membres sortans seront désignés par le sort, et ensuite par l'ancienneté.

Art. 6. Les commissaires de bienfaisance et les dames de charité seront nommés par les Bureaux.

Art. 7. Les secrétaires-trésoriers seront salariés et fourniront un cautionnement.

Ils seront nommés par le préfet de la Seine.

Art. 8. Une instruction réglementaire, relative

à l'organisation des Bureaux de bienfaisance, à l'ordre de la comptabilité, à là fixation des cautionnemens des trésoriers, à la classification des indigens, au mode de distribution des secours, et au nombre de médecins, de chirurgiens, de sages-femmes et de sœurs de charité qui devront faire partie du service des secours à domicile dans chaque arrrondissement, sera soumise, dans le moindre délai possible, par le préfet à l'approbation du ministre.

Art. 9. Les administrateurs des Bureaux de bienfaisance, après deux années d'exercice, seront de droit candidats aux places vacantes dans le conseil général d'administration des hospices de Paris, concurremment avec ceux que ce conseil présente en vertu de l'art. 2 de l'ordonnance du 18 février 1818.

Art. 10. Toutes dispositions contraires à celle de la présente ordonnance, et spécialement celles de l'ordonnance du 2 juillet 1816, sont et demeurent rapportées.

Art. 11. Notre ministre du commerce et des travaux publics est chargé de l'exécution de la présente ordonnance, qui sera insérée au *Bulletin des Lois*.

Donnée à Paris, le 29 avril 1831.

*Signé* Louis PHILIPPE.

*Arrêté portant organisation et réglement pour les Bureaux de bienfaisance chargés de la distribution des secours à domicile dans la ville de Paris.*

Nous, ministre secrétaire d'état, etc.

## CHAPITRE PREMIER.

### *De l'organisation des Bureaux de bienfaisance.*

Article premier. Les administrateurs des Bureaux de bienfaisance de Paris seront installés dans leurs fonctions par le maire de chaque arrondissement ou par l'un de ses adjoints, qui leur fera prêter serment et en dressera procès-verbal, qui sera envoyé au préfet du département de la Seine.

Conformément à l'article 3 de l'ordonnance royale du 29 avril 1831, le Bureau sera présidé par le maire de l'arrondissement ou par l'un de ses adjoints.

Art. 2. Les administrateurs désigneront, chaque année, par la voie du scrutin, un vice-président et un secrétaire-trésorier honoraire.

Art. 3. Le vice-président présidera en l'absence du maire et de ses adjoints.

Le secrétaire-trésorier honoraire aura la surveillance de la comptabilité en deniers et en matières. Il dirigera et surveillera la tenue du registre des délibérations et la correspondance du Bureau.

Art. 4. Les fonctions du Bureau de bienfaisance consistent :

1° Dans la répartition et l'emploi de tous les secours mis à leur disposition par l'autorité administrative ou par les particuliers;

2° Dans la surveillance et l'administration des établissemens charitables entretenus par les Bureaux.

Chaque administrateur sera chargé spécialement

du service des secours dans chacune des douze divisions d'arrondissement dont il est parlé à l'article 10.

Art. 5. Les commissaires de bienfaisance et les dames de charité concourent aux distributions de secours; ils prennent et donnent des renseignemens sur les demandes des indigens; visitent ceux qui sont secourus par le Bureau, afin de constater, s'il y a lieu, les changemens de domicile, et de connaître leur conduite et l'état de leur famille.

Art. 6. Les commissaires de bienfaisance et les dames de charité seront spécialement attachés à chacun des quartiers et des divisions d'arrondissement.

Art. 7. Le Bureau s'assemblera à jour fixe, et au moins deux fois par mois. Il ne pourra délibérer s'il ne se trouve sept membres présens.

Les commissaires et les dames de charité qu'il croira utile d'inviter à ses séances y auront voix consultative.

Le président convoquera des assemblées extraordinaires quand il le jugera nécessaire.

Le Bureau tiendra ses séances dans un des établissemens de secours de l'arrondissement ou dans tout autre lieu qui sera désigné par lui, de concert avec le maire-président, ou, s'il y a lieu, par le préfet de la Seine.

Le membre de la commission administrative des hospices, chargé de la quatrième division, aura la faculté d'assister aux séances, mais seulement avec voix consultative.

Art. 8. Chaque Bureau tiendra, dans la première

semaine d'avril, une assemblée générale, à laquelle seront invités tous les commissaires, les dames de charité, les médecins et les sages-femmes. On rendra compte, dans cette réunion, des travaux de l'année précédente, de la recette et de la dépense de l'exercice écoulé, et de la situation des divers établissemens de secours de l'arrondissement.

On recueillera les observations et les propositions faites par les personnes appelées à cette séance, et le procès-verbal en sera adressé au préfet de la Seine par l'intermédiaire du conseil général des hospices, avec ses observations et son avis.

Art. 9. Le premier mercredi du mois de mai, le président de chaque bureau et deux membres désignés par les administrateurs de chaque arrondissement seront invités à une séance du conseil général des hospices, dans laquelle il sera rendu un compte sommaire des fonds consacrés au service des secours et des besoins des indigens de chaque arrondissement. On y entendra les différentes observations ou propositions qui seront présentées au nom des Bureaux. Les observations des Bureaux seront transmises au préfet avec l'avis du conseil, pour y donner la suite convenable et en informer le ministre.

Art. 10. Chaque arrondissement sera divisé en quatre quartiers correspondans aux quartiers municipaux, et dont chacun se subdivisera ensuite, suivant les besoins, en plusieurs divisions, de telle sorte que le nombre en soit égal à celui des administrateurs.

Art. 11. Il sera affecté à chacun des douze Bureaux autant de maisons de secours et d'établissemens de charité que le nombre des pauvres, les besoins et les convenances de l'arrondissement pourront l'exiger.

ART. 12. Le secrétaire-trésorier assistera, avec voix consultative, aux séances. Il sera chargé de la rédaction des procès-verbaux et de la tenue des registres, de préparer la correspondance officielle du bureau, et de la présenter à la signature du président.

ART. 13. La caisse du Bureau et la garde des magasins seront confiées exclusivement au secrétaire-trésorier, qui sera assujetti pour le service à toutes les obligations imposées aux comptables des deniers publics.

ART. 14. Aucune recette ni aucune dépense ne pourront en conséquence être faites que par le secrétaire-trésorier.

Le président, les administrateurs et les commissaires seront étrangers à tout maniement de deniers, sauf ce qui est dit à l'article 37.

ART. 15. Les traitemens et les cautionnemens des secrétaires-trésoriers seront fixés par le préfet de la Seine, sur l'avis du conseil général des hospices.

ART. 16. Il pourra leur être adjoint, par décision du préfet, et sur les propositions du bureau et l'avis du conseil des hospices, un ou plusieurs employés pour les écritures du Bureau.

ART. 17. Les dispositions relatives à la nomination des secrétaires-trésoriers et à la fixation des traitemens sont également applicables aux employés qui leur sont adjoints.

Art. 18. Il y aura près de chaque bureau, dans la proportion qui sera fixée par le préfet de la Seine, sur l'avis du conseil des hospices et la proposition des bureaux :

Des médecins et chirurgiens;

Des sages-femmes;

Des sœurs de charité,

Des maîtres et maîtresses d'école, et des salles d'asile pour l'enfance.

Art. 19. Le traitement de celles des personnes mentionnées dans l'article précédent, dont les fonctions ne doivent pas être gratuites, sera réglé par le préfet, sur les propositions du bureau et l'avis du conseil des hospices.

Art. 20. Les médecins, chirurgiens et les sages-femmes sont nommés par le préfet, sur des listes triples de candidats formées par les Bureaux de charité, au scrutin secret et à la majorité absolue des suffrages des membres présens.

Art. 21. Les médecins, chirurgiens et les sages-femmes sont nommés pour cinq ans et peuvent toujours être réélus.

Art. 22. Aucun médecin, chirurgien ni sage-femme ne peut être destitué que par le ministre, sur la proposition du bureau de bienfaisance, l'avis du conseil général des hospices et celui du préfet de la Seine; mais, en cas d'urgence, et sur la demande du Bureau de bienfaisance, le préfet pourra prescrire la suspension provisoire.

Art. 23. Pour être nommé médecin ou chirurgien auprès des Bureaux de bienfaisance, il faut avoir été reçu docteur et demeurer sur le territoire de l'arrondissement.

Art. 24. Les fonctions de médecin d'un Bureau de charité sont incompatibles avec celles d'administrateur du même Bureau.

Art. 25. Après vingt ans de service, les médecins et les chirurgiens peuvent recevoir du ministre, sur la demande des Bureaux de bienfaisance auxquels ils ont été attachés, et sur l'avis du préfet de la Seine, le titre de médecins ou chirurgiens honoraires du Bureau; ils seront aptes, en cette qualité, à faire partie des réunions que le Bureau convoque pour y traiter des objets qui intéressent le service de santé dans l'arrondissement.

Art. 26. Les médecins et chirurgiens visitent les malades indigens qui les appellent ou qui leur sont indiqués par les administrateurs, les commissaires et les dames de charité.

Art. 27. Ils font les opérations et même les pansemens lorsque les sœurs de charité ne les peuvent pas faire, à raison de l'état des malades ou du pansement.

Art. 28. Les médecins et chirurgiens donnent des consultations gratuites aux pauvres, dans les maisons de secours ou autres lieux désignés par le Bureau, et à des jours et heures fixes qui sont déterminés d'avance dans une réunion extraordinaire et annuelle du Bureau, où doivent être appelés les médecins, les chirurgiens et les sages-femmes.

Cette réunion est indépendante de l'assemblée extraordinaire indiquée à l'art. 8.

ART. 29. Les sages-femmes font les accouchemens, et donnent leurs soins aux indigentes enceintes et en couche.

Elles doivent appeler un chirurgien quand les accouchemens présentent des difficultés.

ART. 30. Les administrateurs déterminent, sous l'approbation du préfet, à quelle communauté il sera demandé des sœurs pour le service du Bureau.

Les sœurs doivent visiter à domicile les indigens malades, les panser au besoin, préparer et distribuer, sur les ordres des médecins, les tisanes et les médicamens simples qui seront indiqués dans le nouveau formulaire des Bureaux de bienfaisance.

Elles pourront être chargées, en outre, par le Bureau de faire certaines distributions de secours en nature, mais toujours avec la participation et sous la responsabilité des secrétaires-trésoriers.

ART. 31. Provisoirement les maîtres et maîtresses d'école seront nommés par le préfet, sur la proposition du Bureau ; ils peuvent être choisis parmi les laïques ou les membres d'une communauté religieuse ; dans ce cas, les Bureaux seront tenus, ainsi que les maîtres et maîtresses qu'ils emploient, de se conformer en tout point aux réglemens de l'autorité sur l'enseignement primaire.

Les maîtres et maîtresses des salles d'asile seront nommés dans les formes prescrites par le réglement spécial approuvé par le préfet de la Seine le 23 février 1830, en exécution de la décision du ministre de l'intérieur, en date du 7 décembre 1829.

## CHAPITRE II.

### *Des personnes à secourir et des secours à donner.*

ART. 32. Les secours qu'accordent les Bureaux de bienfaisance sont ordinaires ou extraordinaires.

Ils sont *ordinaires et annuels* pour :

Les aveugles ;

Les paralytiques ;

Les cancérés ;

Les infirmes ;

Les vieillards de 65 à 80 ans.

Ils sont *extraordinaires et temporaires* pour :

Les blessés ;

Les malades ;

Les femmes en couche ou les nourrices ayant d'autres enfans à soutenir, ou se trouvant sans aucun moyens d'existence ;

Les enfans abandonnés ;

Les orphelins ;

Les chefs de famille ayant à leur charge des enfans en bas âge ;

Les personnes qui se trouvent dans des cas extraordinaires et imprévus.

ART. 33. Les blessures, les maladies ou les infirmités seront constatées par le médecin du Bureau de bienfaisance.

ART. 34. Nul indigent ne recevra de secours s'il ne justifie pas qu'il envoie ses enfans à l'école, ou s'il refuse de les faire vacciner.

ART. 35. Les secours seront, le plus possible, distribués en nature, et les bons portés par les commissaires et les dames de charité au domicile des indigens; on s'appliquera surtout à donner du travail aux indigens valides.

Art. 36. Les Bureaux chercheront à multiplier les secours en travail, soit en se mettant en relation avec les manufacturiers ou maîtres-artisans auxquels ils pourraient adresser les indigens sans ouvrage, soit en proposant l'établissement d'ateliers de charité.

Art. 37. Les secours en argent ne devront être délivrés que par l'intermédiaire du secrétaire-trésorier.

Cette règle ne pourra recevoir d'exception que sur la demande expresse du Bureau, seulement en ce qui concerne les centimes mis annuellement à la disposition des administrateurs pour secours d'urgence aux ménages indigens de l'arrondissement, et à la charge par l'administrateur de justifier de l'emploi par des états nominatifs.

On ne pourra accorder plus d'un franc par an et par ménage.

Art. 38. Toutes les fournitures nécessaires au service des secours à domicile seront, à moins d'une autorisation spéciale du préfet, adjugées tous les ans par chaque Bureau, en séance publique.

Les cahiers des charges devront être approuvés par le préfet.

Il n'y aura point d'adjudication pour celles de ces fournitures qui pourraient être livrées par l'administration des hospices.

Art. 39. Les substances simples, qui seront indiquées par le formulaire comme pouvant être mises à la disposition des sœurs, seront fournies, tous les mois, par la pharmacie centrale des hôpitaux, sur les bons du Bureau.

## CHAPITRE III.

### *Comptabilité.*

Art. 40. Les ressources des Bureaux se composent :

Des fonds donnés par l'administration des hospices ;

Des secours qu'elle accorde en nature ;

Des recettes intérieures des Bureaux ;

Des recettes extraordinaires faites avec ou sans destination spéciale.

Art. 41. La répartition entre les douze Bureaux des fonds ordinaires des secours à domicile sera arrêtée par le préfet, de l'avis du conseil général des hospices, et de l'avis préalable des Bureaux de bienfaisance.

Cet avis sera donné par douze commissaires délégués, qui se réuniront à cet effet à l'administrateur des hospices chargé de la quatrième division.

Art. 42. Au mois de septembre de chaque année, chacun des Bureaux présentera un budget de ses recettes et dépenses présumées pour l'année suivante.

Les budgets, rédigés d'après un modèle uniforme, seront arrêtés par le préfet, sur l'avis du conseil des hospices.

Art. 43. Les secrétaires-trésoriers rendront leurs comptes de gestion dans le délai et dans les formes prescrites par les ordonnances et les instructions ministérielles, sur la comptabilité des établissemens de bienfaisance.

Art. 44. Le bureau rendra en outre, à la fin de chaque année, un compte moral de ses opérations, suivant les indications qui lui seront fournies.

Art. 45. Il n'existe qu'une seule caisse pour toutes les recettes de chaque bureau : chaque secretaire-trésorier sera logé près de sa caisse et de son magasin.

Art. 46. Le secrétaire-trésorier se conformera, pour la tenue de ses écritures, aux règles de la comptabilité indiquées dans l'instruction ministérielle du 30 mai 1827.

Il tiendra :

1° Des livres de détail, destinés à l'enregistrement des recettes et des dépenses, dans l'ordre des articles des budgets de chaque exercice;

2° Un journal général servant de livre de caisse pour l'enregistrement journalier des recettes et dépenses, et présentant, jour par jour, la situation de l'établissement;

3° Un livre de quittances à souches pour l'enregistrement des recettes;

4° Un livre pour le mouvement des magasins.

Il tiendra, en outre, tous les autres livres auxiliaires que l'administration jugera nécessaires et notamment :

1° Un livre sommier de tous les pauvres inscrits;

2° Un livre de radiation ;

3° Des bulletins mobiles pour chaque indigent; il adressera un double de ces bulletins à l'administration des hôpitaux, et lui donnera connaissance des mutations, au fur et à mesure qu'elles auront lieu.

Il enverra au préfet de la Seine, tous les trimestres, un relevé, classe par classe, des indigens secourus par les bureaux, en y joignant l'état sommaire de secours et distributions pendant le trimestre précédent.

## CHAPITRE IV.

### *Dispositions générales.*

ART. 47. Le membre de la commission administrative des hospices, chargé de la 4e division, s'occupera de tous les détails relatifs à l'administration des bureaux de bienfaisance, veillera à l'exécution des mesures prescrites par l'autorité, et correspondra, pour le service, avec les Bureaux et les secrétaires-trésoriers.

Il inspectera, au moins deux fois par an, les caisses de ces comptables, et le procès-verbal en sera adressé au préfet de la Seine.

ART. 48. Le service des secrétaires-trésoriers pourra être, en outre, vérifié et inspecté, autant de fois qu'il sera jugé nécessaire, par les personnes que le préfet de la Seine chargera de ce soin.

ART. 49. Il sera pourvu aux dispositions de détails non indiquées dans ce réglement, par le préfet, sur l'avis du conseil général des hospices.

Art. 50. Toutes les dispositions des arrêtés précédens, contraires au présent réglement, sont rapportées.

Art. 51. Le préfet du département de la Seine est chargé de l'exécution du présent arrêté.

Paris, le 24 septembre 1831.

*Le Pair de France*, etc.

## IV.

### AMÉLIORATIONS RÉCLAMÉES DANS LE SERVICE MÉDICAL DES BUREAUX DE BIENFAISANCE.

Les médecins des Bureaux de bienfaisance de Paris, ayant témoigné à M. Orfila, doyen de la Faculté de médecine et membre du conseil des hôpitaux, qu'ils avaient à proposer des améliorations dans le service médical des indigens secourus à domicile, M. Orfila les a convoqués pour le 13 décembre 1835, et, dans cette première assemblée, il a été décidé que, par chaque arrondissement, deux membres seraient nommés, qui, réunis en commission, formuleraient des propositions, et rédigeraient un rapport dont la discussion aurait lieu en séance générale. Voici le rapport de la commission et les proportions qu'elle a faites, amendées et adoptées dans deux séances successives tenues le 13 et le 20 mars 1836, proportions que les médecins des Bureaux de bienfaisance desirent voir adopter par l'autorité.

Etaient membres de la commission, MM. Duval, Moynier, Gilet de Grandmont, Goupil, Fiard, Hamel,

Leger, Payen, Sterlin, Marc Moreau, Lozes, Hureau, Berthier, Cahen, Deslandes, Cazenave, Thierry, Jodin, Villeneuve, Poumier, Juglar, Menière, Lemoine et Leuret, rapporteur.

## RAPPORT.

Messieurs,

La pensée qui a présidé à la création des bureaux de bienfaisance est exprimée dans le passage suivant, que j'emprunte au rapport fait le 28 août 1816, devant le conseil général des hôpitaux et hospices civils de Paris.

« Les secours à domicile sont peut-être la branche la plus importante et la plus intéressante des secours publics. Les hôpitaux et les hospices ne doivent en être, en quelque sorte, que le supplément. Ces établissemens sont nécessaires pour les malades qui se trouvent dans un dénuement absolu, sans parens, sans amis, sans aucun moyen personnel d'existence; mais à l'aide des secours à domicile, on peut diminuer considérablement le nombre de ceux qui demandent à y être admis, en les retenant dans le sein de leur famille.

« Il est bien plus satisfaisant pour le pauvre malade ou infirme d'être assisté chez lui et d'y recevoir les soins de sa femme et de ses enfans ou de ses parens, que de se voir, pour ainsi dire, isolé en se trouvant placé dans un hôpital, au milieu d'individus qui ne lui tiennent par aucun lien, ni du sang, ni de l'amitié.

« La morale publique ne peut que gagner à ce mode de secours qui tend à resserrer les liens de famille et à aider des enfans ou des parens à remplir un devoir que leur prescrit la nature. »

Cette pensée juste, philanthropique, empreinte d'une haute moralité, vous contribuez chaque jour à la réaliser, et c'est avec le desir d'en étendre encore les applications que vous vous êtes réunis pour délibérer sur les perfectionnemens dont vous croyez susceptible le mode actuel de service médical, dans les bureaux de bienfaisance. L'expérience, résultant pour la plupart d'entre vous d'une longue pratique, l'observation des faits qui se sont présentés à vous dans l'exercice de vos fonctions, vous ont appris par quels moyens on peut améliorer le service dont vous êtes chargés. Vous avez rédigé, dans ce but, des propositions que la commission nommée par vous, a examinées, discutées et coordonnées. Je viens, messieurs, au nom de cette commission, vous soumettre le travail préparatoire qu'elle a fait, et vous exposer les motifs de ses délibérations.

Le personnel des médecins est-il assez nombreux? Est-il convenablement réparti? Le mode de nomination suivi jusqu'à présent est-il le meilleur?

Le nombre des médecins attachés aux bureaux de bienfaisance est de 232, le nombre des pauvres inscrits auxquels ces médecins donnent leurs soins, en cas de maladie, est de 62,539; ce qui fait un médecin pour 269 indigens. Mais le rapport entre le nombre des médecins et celui des indigens s'éloigne de cette moyenne, dans tous les arrondissemens, un seul excepté, le dixième. Dans sept arrondissemens, il y a proportionnellement un plus grand nombre de médecins que dans les autres. Les quatre arrondissemens où les médecins ont le plus de malades, sont le 6e, le 8e, le 9e et le 12e. Dans ce dernier, il y a seulement un médecin pour 473 indigens.

Cette inégale répartition des médecins peut-elle subsister? Il ne paraît pas qu'elle ait entraîné d'inconvéniens. De la part des indigens, aucune plainte; de la part des médecins, aucune réclamation. Le zèle a été partout en rapport avec les besoins; aussi votre commission n'a-t-elle rien à vous proposer à ce sujet.

Quant au mode de nomination, il a été l'objet de discussions approfondies. Blâmer le mode actuel, celui qui vous a appelés à faire partie des bureaux de bienfaisance, n'était pas possible : les administrateurs qui se félicitent de leurs choix, parce qu'ils savent avec quel dévoûment vous remplissez vos pénibles fonctions, ne consentiraient pas à adopter un mode entièrement nouveau. Et d'ailleurs, ce mode, quel serait-il? On l'a dit, en dehors de la commission, le concours. Pour le choix des professeurs qui doivent joindre le savoir au bien-dire, le concours est nécessaire, il est indispensable. Mais pour être médecin des pauvres, que faut-il? Du savoir, sans doute, mais aussi du désintéressement, de la patience, du courage, un amour ardent de ses semblables. Et ces qualités, ou ces vertus, ce n'est pas le concours qui les fait reconnaître. Ajoutez que la timidité, une trop grande modestie, le défaut d'habitude de parler en public, et, on peut en convenir, l'omission dans les épreuves d'une foule de détails que les élèves apprennent, mais que les praticiens oublient, éloigneraient des bureaux de bienfaisance un certain nombre de médecins très dignes d'en faire partie et très capables d'y rendre d'importans services.

Toutefois, en adoptant le principe de nomination par élection, la commission a pensé qu'on devait lui donner une nouvelle garantie, en même temps qu'on éviterait aux médecins qui desireraient faire partie des bureaux, le désagrément de se présenter aux administrateurs sous l'apparence d'hommes qui sollicitent. Que les médecins qui font partie des bureaux choisissent eux-mêmes les candidats : ils connaissent leurs confrères ; ils savent, parmi ceux qui se présentent, quels sont ceux dont on doit le plus attendre, ils les indiqueront aux administrateurs et les administrateurs qui n'ont pas, dans ces nominations, d'autre intérêt que l'intérêt des pauvres, donneront leurs voix au candidat que des hommes compétens et spéciaux auront déclaré dignes de cette préférence.

Les mêmes considérations étant applicables à la nomination des dentistes et des sages-femmes, la commission vous propose d'adopter, à leur égard, le même mode de présentation.

Quelles devront être les conditions d'éligibilité pour le médecin? Qu'il ait reçu un diplôme de docteur en médecine ou en chirurgie dans une des facultés du royaume, qu'il exerce depuis quatre ans dans Paris, et qu'il habite l'arrondissement dans le bureau duquel il veut être admis. Le titre, l'habitation, sont exigés par les réglemens en vigueur, il n'y a rien là qui doive être changé; la durée d'exercice est un temps nécessaire pour connaître le candidat, apprécier sa moralité, ses talens.

Pour plus de garantie, la commission a adopté un article qui éloigne les charlatans, ceux qui distribuent des cartes, font placarder des affiches, donnent des consultations chez des pharmaciens, etc. Des hommes qui se respectent ne sauraient élever de trop fortes et trop nombreuses barrières entre eux et les gens déhontés qui spéculent sur la crédulité et l'ignorance du public.

La résidence dans l'arrondissement, ou à proximité de l'arrondissement, est exigée par les réglemens et par la nature des fonctions que le médecin est appelé à remplir : d'où il suit qu'un médecin quittant son arrondissement pour aller dans un autre, est, par ce seul fait, obligé d'abandonner ses fonctions et se trouve privé du titre de médecin du bureau de bienfaisance, et cela, quelquefois après un service long et honorable. Pour prévenir cette injustice, car c'en est une, un membre de la commission a proposé que les médecins des bureaux de bienfaisance fussent considérés, non pas comme médecins de tel arrondissement, mais comme appartenant aux bureaux de bienfaisance de la ville de Paris. D'où il résulterait, que le médecin qui changerait d'arrondissement ne perdrait pas pour cela son titre, et conserverait le droit d'être mis en fonction lorsqu'une place viendrait à vaquer dans son arrondissement. La commission tout entière a senti, comme l'auteur de la proposition, que l'inconvénient signalé par lui était réel, mais elle n'a pas été unanime sur la bonté de la mesure à l'aide de laquelle il espérait y remédier. Les médecins des bureaux de bienfaisance sont présentés par le bureau de l'arrondissement auquel ils appartiennent et par ce bureau seulement : or, donner à chacun d'eux le droit d'être admis, le cas échéant, dans les autres bureaux, ne serait-ce pas imposer aux administrateurs de ces bureaux des médecins qu'ils n'ont pas choisis, que peut-être ils ne connaissent pas? Quoi qu'il en soit, l'article dont il s'agit a été adopté, il sera soumis à votre examen.

Après le personnel des médecins est venu le service de la pharmacie. La commission s'en est occupée longuement; elle a appelé à son aide tout ce qui pouvait l'éclairer. Avant tout, elle a voulu assurer le bien des malades, mais elle a tenu compte, en même temps, des raisons d'économie qui dirigent et qui doivent diriger l'administration, dans l'emploi des fonds dont la répartition lui est confiée.

A la simple lecture des propositions relatives à la pharmacie, un premier fait nous a frappés, c'est l'extrême divergence de ces propositions. Quelques membres de la commission voulaient retirer la pharmacie des mains des sœurs, d'autres la leur conserver en partie, d'autre s'en tenir au réglement actuellement en vigueur. D'accord sur le but à atteindre, la fidèle exécution des prescriptions médicales, pourquoi des moyens divers, opposés? Vous l'avez déjà pressenti, messieurs, de ce que le service de la pharmacie n'est pas fait également bien dans tous les arrondissemens. Voici les principaux griefs qui ont été articulés pour obtenir une modification dans le réglement relatif à la pharmacie.

1° Les sœurs n'ont pas de titre légal pour exercer la pharmacie;

2° Elles ne connaissent pas la pharmacie;

3° Leurs préparations et jusqu'à leurs tisanes sont mal faites;

4° Il est arrivé qu'elles ont donné un médicament pour un autre, une dose forte pour une dose faible. Par exemple, on a délivré trois gros d'extrait de belladone, au lieu de trois grains qui étaient prescrits;

5° La conservation des médicamens, chose quelquefois fort délicate et cependant très importante, laisse, chez les sœurs, beaucoup à desirer. Ainsi, la pharmacie centrale leur délivre des sirops, du cérat et d'autres préparations; à cause du peu de consommation que l'on fait de certaines préparations, elles vieillissent, s'altèrent et l'on est obligé de les jeter, ce qui est une perte très notable;

6° Les sœurs ne donnent pas toujours les quantités portées sur les bons des médecins;

7° Elles ont plusieurs fois refusé certaines substances, le miel, par exemple, ne voulant pas le donner en nature, mais en solution.

8° La nuit, elles ne se relèvent jamais pour délivrer les médicamens, et les dimanches et jours de fête, elles ne sont pas dans leurs pharmacies.

A ces objections, il a été répondu :

1° Que les sœurs n'exercent pas la pharmacie comme profession, et n'ont, par conséquent, pas besoin de titre légal; elles ne vendent pas les remèdes, elles les préparent et les distribuent aux indigens;

2° Que, sans avoir des connaissances étendues en pharmacie, elles connaissent la manipulation des médicamens, et sont en état de faire les préparations qui sont inscrites au formulaire des bureaux de bienfaisance;

3° Que les tisanes et la plupart des préparations confiées au sœurs sont d'une exécution si facile, qu'il suffit d'un peu d'habitude et de bonne volonté pour en venir à bout; que si, dans plusieurs arrondissemens, les médecins ont eu des motifs légitimes de plaintes, ces motifs étaient individuels et dépendaient non pas de ce que l'institution était mauvaise, mais de ce que certaines personnes n'avaient pas rempli le devoir de leur institution;

4° Que les exemples d'erreurs commises par les sœurs sont en très petit nombre; que ces erreurs ont été commises aussi par des hommes instruits, par des pharmaciens reçus, ayant le titre légal; que c'est un de ces malheurs que la prudence peut rendre très rares, mais non prévenir toujours.

5° Que la conservation des médicamens est, en effet, une chose fort délicate, mais qu'on pourrait prévenir les pertes qu'elle entraîne pour l'administration, en autorisant les sœurs à prendre les médicamens susceptibles de s'altérer, et dont l'usage n'est pas journalier, seulement au fur et à mesure des besoins.

6° Que si les sœurs ont quelquefois refusé de donner les quantités portés sur les bons des médecins, elles ont eu tort; mais que ce tort ne se renouvellerait plus si les médecins en avaient informé l'administration. On a dit encore, pour justifier les sœurs, qu'elles ne détournaient rien et ne pouvaient jamais rien détourner à leur profit, et qu'il pouvait être arrivé tel cas où un médecin ayant ordonné à un malade une substance médicamenteuse en quantité trop grande pour être immédiatement consommée, une sœur, connaissant l'incurie de la plupart des indigens, aurait cru devoir fractionner la dose prescrite et la délivrer seulement par parties.

7° Elles ont refusé des sirops, du sucre, du miel, cela est possible, cela est vrai; mais ces substances ne sont pas, à proprement parler, des remèdes; ce sont aussi des friandises et dont on peut abuser. En solution, rien de mieux; en nature, par exception et à bon escient.

8° La nuit, elles ne se relèvent pas. Fatiguées des travaux du jour, qu'elles se reposent; seules dans leur maison, qu'elles ne soient pas exposées à ouvrir leur porte à tous ceux qui voudraient y frapper, cela est convenable et juste; mais le service de la pharmacie n'a pas à en souffrir, parce que les pharmaciens sont autorisés à délivrer les médicamens qui leur sont demandés la nuit, pour le compte de bureaux de bienfaisance, par les médecins de ces bureaux.

Quant aux jours de dimanche et des fêtes, les sœurs doivent être dans leurs pharmacies; c'est la règle de leur institution, c'est leur premier et plus impérieux devoir de tout quitter pour le service des malades et des pauvres. Plusieurs des membres de votre commission, exerçant depuis longues années la médecine chez les pauvres, se sont empressés de rendre hommage au zèle et au dévoûment des sœurs chargées de la pharmacie, dans les arrondissemens où ils exercent; ils n'ont jamais eu à se plaindre d'aucun retard dans l'exécution de leurs prescriptions.

Il semblait, d'après ces réponses, que votre commission n'avait pas autre chose à faire, pour ce qui concerne l'exercice de la pharmacie dans les bureaux de secours, que de réclamer la stricte exécution des réglemens, d'engager les médecins à exercer une surveillance active sur l'état des médicamens mis en dépôt chez les sœurs, enfin de demander à l'administration de ne confier la pharmacie des bureaux de secours qu'aux sœurs, qui se seraient long-temps exercées aux opérations que comporte ce genre de service.

La majorité de votre commission, tout en approuvant ces mesures ne les a pas crues suffisantes. Le titre de pharmacien est exigé pour les pharmaciens des hôpitaux et hospices qui, pas plus que les sœurs, ne vendent des médicamens au public; ce titre est un garant de l'instruction de celui qui l'a reçu; lui seul inspire au médecin la confiance que ses prescriptions seront convenablement exécutées. La bonne volonté et le dévoûment des sœurs ne sont mis en doute par personne; c'est une justice à leur rendre que presque partout, on n'a qu'à se louer de l'exactitude avec laquelle elles accomplissent la règle de leur institution. Cette règle, qui leur fait un devoir de conscience de se conformer aux volontés du médecin, en ce qui concerne le service des malades, elles la suivent avec fidélité; mais leurs connaissances en pharmacie ne sont ni assez étendues ni assez complètes. Or, s'il s'agit d'administrer des médicamens très actifs, quel est le médecin qui osera en confier la préparation à des mains inexpérimentées ?

En conséquence, il a été formulé une proposition tendant à conserver aux sœurs la distribution de certaines substances qui sont délivrées par la pharmacie centrale, dans l'état où elles doivent être employées; la préparation et la distribution des infusions, des décoctions, des cataplasmes, des vésicatoires, etc., tandis que les pharmaciens seuls seraient chargés de la préparation des potions, des juleps, des pilules et des autres médicamens magistraux. Un formulaire a été rédigé contenant l'indication des substances dont la préparation et la distribution seraient conservées aux sœurs. Ce formulaire sera soumis à votre examen.

Un membre de votre commission a demandé que les ordonnances des médecins fussent exécutées sans le visa préalable des administrateurs. Nous nous sommes étonnés qu'un administrateur pût avoir la pensée de contrôler une formule, et si nous n'avions eu sous les yeux un *bon* imprimé portant en marge : *Cette ordonnance ne sera reçue que revêtue de la signature de l'administrateur, d'un commissaire ou d'une dame de charité*, nous nous fussions peut-être refusé à croire que cela fût possible. Votre commission vous propose de réclamer contre cette mesure, inutile sans aucun doute, mais, de plus, nuisible en ce qu'elle oblige la personne chargée de faire exécuter la prescription, à des démarches qui lui font perdre du temps et retardent la délivrance des remèdes.

On a coutume d'envoyer à l'hôpital les indigens atteints de luxation, de fractures ou d'autres affections chirurgicales exigeant, pour être traitées, du linge, de la charpie, des bandages, etc. Si les bureaux de secours étaient munis de quelques appareils, les indigens qui le desireraient, pourraient être traités à domicile; ce serait un grand bien pour plusieurs d'entre eux, ce serait une économie pour l'administration. Pas de journées d'hôpital; pour infirmiers, les membres de la famille; pour surveillans, les sœurs; pour médecins, les médecins du bureau. Malgré sa blessure et quoique dans son lit, un homme veille aux intérêts de sa maison, une mère dirige son ménage et sa famille, un enfant n'entend et ne voit rien qui altère la candeur de son âme, la pureté de ses mœurs.

Il en résultera, à la vérité, un surcroît d'occupation pour le médecin, mais ce n'est jamais là un empêchement pour bien faire, et votre commission a été unanime pour adopter la proposition.

Ici s'est élevée une autre question qui se rattache à la précédente, celle des gardes-malades. La famille n'est pas toujours en état de soigner celui de ses membres qui en aurait besoin; ce peut être une mère malade et seule avec de jeunes enfans. Si la mère est envoyée à l'hôpital, les enfans, privés de soutien, sont de leur côté, envoyés dans un hospice. Rupture de la famille, individus tous et entièrement à la charge de l'administration. Pour les maladies accidentelles et qui ne paraissent pas devoir être de longue durée, la charité particulière a quelquefois permis de donner une garde-malade, pauvre elle-même, pas exigeante, et soignant toute la famille. Quelque argent, bien peu, permettrait de convertir cette heureuse pensée en une mesure réglementaire.

Tous les bureaux de secours ne sont pas également pourvus de ce qui serait nécessaire au soulagement des malades; on regrette, par exemple, de ne pas trouver partout des baignoires pour les enfans, et des demi-bains. La dépense une fois faite, et cette dépense ne serait pas considérable, procurerait une économie réelle et de tous les jours, parce qu'elle aurait pour résultat d'abréger la durée de certaines maladies.

Dans les bureaux, les cartes de bains sont distribuées, tantôt par les administrateurs, tantôt par les médecins. Si le nombre des cartes à donner était en rapport avec tous les besoins, il n'y aurait pas lieu de se plaindre; mais ce nombre est très limité, il suffit à peine aux besoins les plus urgens, aux besoins des malades. Les médecins étant, dans ce cas, les seuls juges, ils devraient être les seuls dispensateurs des bains. Il vous sera proposé un article réglementaire qui leur donne ce droit.

Dans le but de s'éclairer sur certains objets qui sont spécialement du ressort de la médecine, les administrateurs ont, dans plusieurs bureaux, l'usage de convoquer un ou plusieurs médecins : cet usage devrait être généralisé, on pourrait même le rendre plus utile, en lui donnant une plus grande extension. Il est peu de questions de la nature de celles dont s'occupent les administrateurs des bureaux de bienfaisance que les médecins ne puissent aider à résoudre. Et pour n'en citer qu'une seule, celle concernant l'admission sur le rôle des indigens, quand il s'agit de décider, parmi les admissibles, quel est le plus infirme, les certificats de visite ne suffisent pas à des personnes étrangères à l'art de guérir, parce que ces personnes ne connaissent pas la valeur des termes employés par les signataires des certificats. Il serait convenable que des médecins fussent, de droit, admis à prendre part aux délibérations du bureau. La commission vous propose qu'il y en ait deux par arrondissement auxquels on confierait ce soin.

Une proposition avait été faite concernant les teigneux, qui sont en assez grand nombre dans certains quartiers de la ville, et notamment dans le faubourg Saint-Marcel. L'un de vos commissaires, visitant les écoles primaires de ce faubourg, y a trouvé beaucoup d'enfans atteints de la teigne et la tête couverte de poux. C'est surtout chez les filles que cette maladie avait plus de gravité, soit à cause de leur constitution plus faible que celle des garçons, soit parce qu'elles conservent de longs cheveux, et qu'ayant toujours la tête couverte, elles négligent davantage les soins de propreté. Vous savez, messieurs, de quelle manière se fait, à Paris, le traitement des teigneux. Trois bureaux sont établis: un, au parvis Notre-Dame; un, à Saint-Louis et un autre, à l'Hôpital des enfans. Là se rendent, plusieurs fois la semaine, les frères Mahon, ou leurs délégués, qui appliquent sur la tête des teigneux leurs poudres et leurs pommades. Le traitement des frères Mahon, quelle que soit son efficacité, a le grave inconvénient de n'être pas applicable à tous les teigneux de la ville. Beaucoup de teigneux ne viennent pas et ne peuvent pas venir à leur pansement, ceux qui habitent le quartier Saint-Marcel, par exemple, sont trop éloignés du parvis Notre-Dame, pour que leurs parens les y laissent aller seuls, et leurs parens qui sont, en général, très pauvres, ne veulent pas sacrifier une ou deux demi-journées, par semaine, pour les y conduire. Quel serait le moyen de parer à cet inconvénient? Multiplier les lieux de pansement par les frères Mahon. — Acheter aux frères Mahon leurs poudres que l'on emploierait dans chaque quartier. — Obtenir du gouvernement qu'il fasse l'acquisition du secret des frères Mahon. — Ou bien augmenter quelque peu l'allocation des bureaux de secours et donner à chacun des médecins de ces bureaux les moyens de traitement et les objets de pansement qu'il jugera nécessaires pour les teigneux. Disons un mot de la convenance ou de la possibilité de mettre à exécution ces différens moyens.

Les frères Mahon ne veulent pas ou ne peuvent pas multiplier les lieux de pansement : rien à exiger d'eux là-dessus.

Achetera-t-on leurs poudres? Plusieurs médecins en ont fait l'essai et des chimistes ont analysé la poudre achetée. Cette poudre était de la terre, de la cendre, de la brique pilée. Six francs une demi-once de cendre! Les bureaux de bienfaisance ont un autre emploi à faire de leur argent.

Acheter le secret des frères Mabon. S'il y avait lieu de faire cette acquisition, ce serait à l'Académie de médecine à prononcer; votre commission n'est pas en mesure d'émettre une opinion sur ce point.

Donner à chacun des médecins des bureaux ce qui lui serait nécessaire pour le traitement des teigneux de sa division. Ce serait peut-être la mesure la plus efficace. Beaucoup d'essais seraient tentés : ceux qui réussiraient connus bientôt de tous les médecins, car les médecins ne font pas un secret des moyens qui leur réussissent, serviraient à tous les malades, et l'administration se trouverait affranchie de l'espèce de tribut qu'elle paie aux frères Mahon. Vous savez, d'ailleurs, messieurs, que notre art n'est pas impuissant contre la teigne, et peut-être qu'il n'est pas un d'entre vous qui ne compte quelques succès dans le traitement de cette maladie.

Toutefois, votre commission n'a pas formulé de proposition à cet égard; elle m'a chargé seulement de vous rapporter ce qui a été dit dans son sein, vous laissant le soin de choisir le moyen qui vous semblerait le plus convenable pour faire jouir tous les teigneux des avantages d'un traitement méthodique.

Plusieurs faits d'une nature très graves, concernant le refus d'admission de certains malades dans les hôpitaux, ont motivé une proposition qui semblerait, au premier abord, constituer un empiètement sur les attributions des médecins du bureau central, si l'on pouvait faire d'une question d'humanité, une question d'amour-propre. La proposition dont il s'agit, est que les médecins des bureaux de bienfaisance puissent faire entrer d'urgence, dans les hôpitaux, les indigens de leur division, gravement malades et ne pouvant, sans danger, remplir les formalités d'admission. Il est à la connaissance personnelle des membres de votre commission, que des malades s'étant présentés pour être admis dans les hôpitaux et n'ayant pu l'obtenir, sont morts en revenant chez eux. Ils avaient été refusés parce qu'on ne les avait pas crus assez malades. Rien n'est plus loin de la pensée de votre commission que d'adresser, à l'occasion de ces malheurs, aucun reproche à nos confrères du bureau central. Une erreur de diagnostic est chose si facile, surtout dans une première visite! Mais cette erreur, le médecin de l'indigent ne l'eût pas commise, parce qu'ayant déjà fixé son attention sur la maladie, il aurait été mieux que personne, en état de connaître et de prévenir le danger.

Il y a un autre genre de malades pour l'admission desquels l'intervention des médecins des bureaux de bienfaisance est nécessaire. Je veux parler des infirmes qui sollicitent une place dans les hospices. Il faut le dire, le mode suivi jusqu'à présent est vicieux, et il va se détériorant encore. Les places, dans les hospices, sont données par des personnes qui, pour la plupart, ne connaissent pas les pauvres, ne peuvent pas choisir les plus souffrans et les plus nécessiteux: ces places sont à la nomination du ministre, du préfet de la Seine, du préfet de police, du commandant de place, du conseil des hospices, de la commission administrative, du membre du conseil et du membre de la commission chargés de l'hospice, enfin des bureaux de bienfaisance. Cet état de choses a déjà donné lieu à de nombreuses et vives réclamations. « On se demande, dit M. Cochin, à propos de quoi le gouverneur militaire de Paris se trouve parmi les administrateurs des pauvres, et s'il est bien raisonnable de donner le droit de nommer dans les hospices à des personnes dont le plus souvent les pauvres n'approchent pas. »

« Les deux préfets plus voisins de la population peuvent quelquefois faire de bonnes nominations; cependant, pour approcher de leurs personnes, il faut demander audience, et quant à moi, continue M. Cochin, je préfère les nominateurs qui peuvent chercher les pauvres à domicile, à ceux que leurs importantes fonctions obligent de porter ailleurs leur attention. »

On a fait de ces nominations une question de prérogative; il faudrait remonter au principe, et ce principe est que les places dans les hospices appartiennent aux plus malheureux. Les bureaux de bienfaisance sont seuls en état de faire de bons choix, parce qu'ils connaissent tous les indigens. Votre commission forme le vœu que les places, dans les hospices, soient données exclusivement par l'entremise de ces bureaux. Notre intervention, pour faire adopter cette mesure depuis long-temps réclamée par les administrateurs des bureaux de bienfaisance, est motivée sur l'insuffisance des secours mis à notre disposition pour soulager à domicile les infirmes dont la place est souvent occupée dans les hospices, par des individus encore valides et moins nécessiteux.

Dans ce qui précède, messieurs, vous avez déjà dû trouver reproduite la plus grande partie de vos propositions, et je vous en ferai la remarque, si ces propositions ont pour résultat l'amélioration du service médical des indigens, elles vous imposent aussi un surcroît de travail. Cette considération ne vous a pas arrêtés, elle ne vous arrêtera jamais, et ma remarque a pour objet de rappeler à l'administration combien elle doit se montrer soigneuse de conserver intacts les quelques droits attachés à la place de médecin des bureaux de bienfaisance.

Un de ces droits, qui ne peut profiter qu'à un très petit nombre, et dont vous n'avez pas souvent joui, c'est d'être nommé exclusivement aux places de médecins vérificateurs des décès. Votre commission a adopté une proposition tendant à vous assurer ce bien léger et bien rare dédommagement à vos services gratuits.

Un autre droit que vous avez encore, mais qu'on parle de vous enlever, c'est l'exemption de la patente. Assimiler le travail du médecin à un travail industriel, c'est déjà une de ces anomalies que l'on a peine à concevoir ; mais imposer la patente aux médecins des bureaux de bienfaisance. serait une injustice tellement bizarre qu'il faut en entendre répéter la menace pour croire que cette menace soit faite sérieusement. Quoi ! pendant toute sa vie, un médeen donnera le meilleur de ce qu'il possède, son temps, pour soigner les malades indigens; loin de recevoir le prix de ses soins, témoin d'une insatiable détresse, il donnera aussi son argent, car est-il un homme qui puisse fermer sa main quand mille mains sont tendues pour recevoir? lui sur qui retombent en partie les privations, l'ignorance, l'incurie, les excès des pauvres, ces enfans perdus de la civilisation, on exigera qu'il grossisse encore, de sa bourse, le budget de l'état! Il y a tel médecin qui pendant longues années, a donné cent fois plus qu'il n'a reçu, on lui demandera donc un impôt pour qu'il ait le droit de secourir l'infortune! La charité sera une profession soumise à la patente! mais s'il le faut, et probablement il le faudra, les médecins établiront que non-seulement leur réclamation, au sujet de la patente, est juste, fondée en raison, mais aussi qu'elle est légale. Les anciens médecins des paroisses recevaient un traitement de deux cents livres; les chirurgiens étaient rétribués pour chacune de leurs opérations. Aujourd'hui le nom est changé, les fonctions sont les mêmes et la loi qui a exempté de la patente les médecins des bureaux de bienfaisance, a voulu par cette exemption, les dédommager de la perte de leurs appointemens. Votre commission espère que l'autorité sentira la justesse de nos réclamations et qu'elle ne privera pas les médecins des bureaux, d'un droit qui leur est acquis à tant de titres.

Enfin, messieurs, une autre exemption a aussi été demandée, c'est celle du service de la garde nationale. Si l'on met en regard l'importance relative des professions, si l'on apprécie les résultats de l'absence long-temps prolongée du médecin, on voit que cette exemption est bien moins une faveur qu'une nécessité. Le poste du médecin est chez lui, c'est là que chacun doit pouvoir le trouver; pour l'avantage du médecin, sans doute, mais aussi et beaucoup plus impérieusement pour l'avantage des malades qui ont besoin de lui. Au reste, si elle n'est pas encore de droit, l'exemption existe de fait pour les médecins des bureaux de bienfaisance, dans la plupart des arrondissemens de Paris, où les chefs de légion ont senti que le service de ces bureaux était un service public bien autrement utile que celui de la garde nationale.

On avait aussi demandé si les médecins des bureaux de bienfaisance ne devaient pas être considérés comme appartenant à l'administration des hôpitaux; s'il ne serait pas juste que leur service dans les bureaux devînt, pour eux, un titre suffisant pour être nommés, concurremment avec les médecins du bureau central, médecins ou chirurgiens des hôpitaux de Paris; enfin si les places de médecins des prisons ou des maisons d'arrêt ne devraient pas leur appartenir. La commission n'a pu admettre aucune des propositions qui ont été faites à ce sujet. On ne devient médecin des hôpitaux de Paris qu'après avoir été reçu par l'autorité qui régit ces hôpitaux; or, les réceptions des médecins des bureaux de bienfaisance sont tout-à-fait étrangères à cette autorité. Quant à l'obtention des places de médecins des prisons ou des maisons d'arrêt, sans doute il serait desirable qu'elles fussent données aux médecins des bureaux, ce serait une bien faible récompense de services nombreux et gratuits, mais le magistrat qui les donne, le préfet de police est étranger à l'administration des bureaux de bienfaisance, qui reçoivent leur direction du préfet de la Seine.

Ces propositions, cependant, ne doivent pas être abandonnées ; bien qu'inexécutables, quant à présent ; comme elles sont fondées elles méritent d'être prises en considération. Un système nouveau, qui rattacherait à l'administration des hôpitaux le service médical des indigens secourus à domicile et celui des prisons, lèverait toutes ou au moins les principales difficultés. Mais ce système, le temps a manqué à votre commission pour le coordonner et le rendre acceptable. Aussi, messieurs, suis-je chargé très expressément par vos commissaires, de vous dire que les propositions qu'ils soumettent à votre examen, ne doivent pas être regardées comme réglant définitivement le service, mais comme des améliorations que des assemblées ultérieures devront compléter.

Une dernière proposition me reste à vous faire, proposition que votre commission s'est empressée d'accueillir, et que vous approuverez aussi, nous en avons l'espoir, parce qu'elle tend à resserrer nos liens de confraternité ou d'amitié. Il s'agit de la création de sociétés médicales, qui se réuniraient dans chaque arrondissement pour s'occuper du bien du service et des intérêts de la science. Je n'insisterai pas pour vous faire sentir les avantages de cette institution, déjà organisée dans plusieurs arrondissemens et encouragée par l'administration locale. Vous la desirez, il dépend de vous de la généraliser, et chacun de vous s'empressera d'y apporter le tribut de son zèle et de ses lumières. Pour chaque arrondissement, les réunions auraient lieu dans la localité ; tous les ans, une assemblée générale, comme celle d'aujourd'hui, aurait pour objet de conférer sur les améliorations reconnues nécessaires dans le service des bureaux.

J'ai fini : un mot cependant encore, pour remercier l'honorable doyen qui nous préside, de l'offre qu'il nous a faite de présenter à l'autorité les réclamations des médecins des bureaux de bienfaisance. Si ces réclamations sont accueillies, M. Orfila aura rendu aux indigens de Paris un service de plus, en même temps qu'il donne à ses confrères un nouveau témoignage de bienveillance et d'intérêt.

*Propositions délibérées par les médecins des bureaux de bienfaisance de la ville de Paris.*

1. Nul ne sera nommé médecin d'un bureau de charité, s'il n'est docteur en médecine ou en chirurgie reçu dans une des facultés du royaume, et s'il n'exerce depuis quatre ans au moins, dans Paris.

2. Tout acte de charlatanisme, comme distribution de cartes, apposition d'affiches, consultations chez des pharmaciens, etc., sera un motif d'exclusion des listes de candidature aux places de médecin des bureaux de bienfaisance.

3. Le médecin d'un bureau qui quittera l'arrondissement dans lequel il exerce, fera de droit partie du bureau de son nouvel arrondissement, pour y entrer en fonctions, dès qu'une vacance aura lieu.

4. Les médecins des bureaux de bienfaisance prendront le titre de *médecins de bienfaisance de la ville de Paris.*

5. Les médecins de bienfaisance assisteront, au nombre de deux et à tour de rôle, d'après l'ordre d'ancienneté de service au bureau, aux séances tenues par les administrateurs; ils y auront voix délibérative.

6. La présentation aux places de médecins de bienfaisance sera faite par les médecins du bureau dans lequel une vacance aura lieu. La liste de présentation, autant que faire se pourra, devra contenir six noms.

7. Il sera procédé pour les nominations des dentistes et des sages-femmes, de la même manière que pour celles des médecins.

8. Les places de médecins-vérificateurs des décès, seront données exclusivement aux médecins de bienfaisance, sur la présentation de trois candidats, faite par les médecins du bureau dans l'arrondissement duquel une vacance aura lieu.

9. Il y aura un médecin-vérificateur des décès pour chacun des quartiers de Paris, mais seulement au fur et à mesure des vacances.

10. L'article de la loi, en ce qui concerne l'exemption de la patente pour les médecins de bienfaisance sera maintenu (MM. Orfila, Legrand et Leuret sont désignés pour soutenir les droits des médecins de bienfaisance devant la commission du budget, lorsque la question de la patente sera soumise aux chambres).

11. Cette exemption sera continuée aux médecins honoraires.

12. Les médecins de bienfaisance seront exempts du service de la garde nationale.

13. Les médecins de bienfaisance formeront, dans chaque arrondissement, une société ayant des séances régulières.

14. Ils se réuniront au moins une fois tous les ans, en séance générale, pour s'occuper des affaires du service.

15. Les sœurs seront chargées de la distribution des médicamens qui, fouruis par la pharmacie centrale, n'exigent aucune préparation, elles prépareront et distribueront les tisanes et les médicamens simples; les médicamens magistraux seront délivrés par un pharmacien. (La liste des médicamens qui devront se trouver dans la pharmacie des sœurs a été rédigée par la commission.)

16. Les ordonnances de médecins seront exécutées sans aucune espèce de *visa*.

17. De la charpie, du linge, des bandes, des appareils à fracture seront mis à la disposition des médecins de bienfaisance, dans les bureaux de secours, pour le pansement des pauvres.

18. Il y aura dans toutes les maisons de secours, des baignoires d'enfans, et des demi-bains.

19. Un certain nombre de femmes, rétribuées par l'administration, feront le service de garde-malade.

20. Les cartes de bains seront exclusivement délivrés par les médecins.

21. L'admission dans les hôpitaux, des malades, inscrits sur le rôle des indigens, aura lieu, en cas d'urgence, sur le certificat d'un médecin de bienfaisance.

22. Le nombre des places à donner aux indigens, dans les hospices de Paris sera déterminé d'après le nombre des indigens inscrits dans chacun des arrondissemens de Paris; et dans le cas où le motif d'admission sera l'infirmité, il y aura présentation par les médecins du bureau.

Fait et adopté dans deux séances tenues à l'Ecole de Médecine, le 20 et le 27 mars 1836.

Signé: ORFILA, président; VILLENEUVE, vice-président; LEURET, secrétaire.

FIN.